LES PETITS CHEFS-D'ŒUVRE

GENTIL BERNARD

L'ART D'AIMER

POEME EN TROIS CHANTS

PUBLIÉ PAR F. DE MARESCOT

IOV AVST

PARIS

LIBRAIRIE DES BIBLIOPHILES

Rue Saint-Honoré, 338

M DCCC LXXIV

PETITS CHEFS-D'ŒUVRE

L'ART D'AIMER

TIRAGE A PETIT NOMBRE.

Il a été fait un tirage spécial de :
   3o exemplaires sur papier de Chine (Nᵒˢ 1 à 3o).
   3o   —   sur papier Whatman (Nᵒˢ 31 à 6o).

   6o exemplaires numérotés.

GENTIL BERNARD

L'ART D'AIMER

POEME EN TROIS CHANTS

PUBLIÉ PAR F. DE MARESCOT

PARIS

LIBRAIRIE DES BIBLIOPHILES

Rue Saint-Honoré, 338

M DCCC LXXIV

AVANT-PROPOS

——————

UNE édition de Gentil Bernard est encore à faire, *écrivait M. Qui-cherat, au mois de mai* 1856, *dans* l'ATHENÆUM FRANÇAIS. *Je crois que la réimpression des œuvres complètes de l'auteur de l'*ART D'AIMER *n'offrirait qu'un très-médiocre intérêt, et que la reproduction du seul de ses ouvrages qui lui ait procuré une célébrité littéraire relative suffit à sa gloire, légère comme son talent. Tandis que l'on trouve chez d'autres poëtes toutes les qua-lités qui sont les marques du génie, il ne faut s'at-tendre à rencontrer chez Gentil Bernard qu'une* *facilité pleine d'élégance et de charme et un art qui resta toujours agréable parce qu'il ne fut jamais forcé. L'enthousiasme de M. Quicherat est une impression personnelle qu'aucun critique littéraire ne me semble avoir partagée jusqu'à ce jour.*

Il convient de juger sans le surfaire celui qui a tenté heureusement de donner un pendant à l'œuvre beaucoup plus licencieuse et bien moins châtiée d'Ovide, et il faut placer dans le cadre qui lui est propre cette figure gracieuse, sans l'écraser par de grandes phrases ou par des expressions trop vives. Ce fut le tort de M. Philoxène Boyer, lequel, après une étude singulièrement rigide consacrée à notre poëte, *avait hâte, disait-il en la terminant,* de sortir de cette atmosphère de mensonges et d'impuretés[1].

C'est à Grenoble, au mois d'août 1708, que naquit Gentil Bernard. M. H. Gariel, directeur de la bibliothèque de cette ville, a bien voulu m'adresser le curieux extrait qui suit des registres de la paroisse de Saint-Hugues :

---

1. *Les Poëtes français,* Recueil publié sous la direction de M. E. Crépet (t. III, p. 279). C'est aussi à tort que M. P. Boyer fait naître Bernard en 1710.

« *Le 26ᵉ Aoust 1708 jay baptisé Pierre Joseph,*
« *fils naturel de Guilliaume Bernard, sculteur de*
« *cette ville, né ce matin, et de Marie Bertet, ma-*
« *riés; estant parrain Sʳ Joseph Treilliard, mar-*
« *chand de cette ville, et marraine dam*ᵉˡˡᵉ *He-*
« *leine Baillioud, épouse de Sʳ Joseph Decalmat,*
« *marchand tapissier aussy de cette ville. Le tout*
« *en présence des soussignés.*

    « *Signé : G. Bernard, Treilliard, Heleine*
« *Baillioud, fᵉ Calmat, Bertet, L. Dubilhaud*
« *et Mailhet, prêtre.* »

Malgré l'obscurité de son origine, Pierre Joseph
Bernard devait, dans la suite, s'élever rapidement
au-dessus du niveau modeste où le sort l'avait fait
naître. Les plus fiers allaient bientôt lui pardonner
son manque d'aïeux et applaudir aux commence-
ments de cette renommée aimable, qu'il ne dut qu'à
lui seul et à l'éducation presque soignée que lui fit
donner sa famille. Envoyé chez les Jésuites de Lyon,
il y fit en effet de bonnes études, après quoi il fut
dirigé sur Paris pour être clerc chez un procureur.
Courbé sur des monceaux de paperasses, contraint
de disputer sa vie à toutes les privations, Bernard,
rivé pour ainsi dire à un métier pour lequel il ne

se sentait aucune vocation, se mit dès cette époque à composer quelques poésies, inspirées sans doute par une jambe fine ou par deux yeux fripons entrevus pendant une course pour le patron. Il pouvait s'appliquer ces vers de Voltaire, faits pour la Clairon :

Je suis à peine à mon printemps,
Et j'ai déjà des sentiments.

Sous l'influence de ses velléités amoureuses, Bernard confiera furtivement au premier papier timbré venu les émotions de son cœur, ou bien, emporté par l'inspiration, il mêlera, sans y penser, un passage de l'Épître à Claudine au mémoire qu'il doit transcrire[1]. Que de poëtes comme lui sortis de l'étude des tabellions et de l'obscur réduit des huissiers ! Que de vocations littéraires contrariées à l'origine par des parents craintifs qui ne pensent, dans leur prévoyante sollicitude, qu'à épargner à un fils aimé les misères et les désillusions de l'existence ! Mais l'irrésistible naturel reprend vite le dessus ; l'ingrat laisse là grimoires et procédures ; il s'élance malgré tous, seul, sans appui, à travers les luttes, les ja-

1. L'abbé de Bernis disait qu'il est difficile d'être jeune et de vivre à Paris sans avoir envie de faire des vers.

lousies et les nécessités de la vie. Pour quelques-uns, doués d'une foi réelle et qui sont arrivés à la gloire et au bien-être, combien sont tombés en route, brisés, découragés, vaincus, et sans même que leur nom soit resté dans la mémoire des hommes!

De l'antichambre où il transcrivait pendant des journées entières une prose à laquelle il se faisait orgueilleusement une gloire de ne rien comprendre, Bernard rêvait une autre vie. Il songeait qu'avec son air galant et aimable, ses façons gentilles, son esprit, il pourrait peut-être, comme tant d'autres, arriver à la fortune. Ces vœux et ces espérances devaient être un jour une réalité.

En 1733, il avait alors vingt-cinq ans, il parvint à se faire attacher comme secrétaire à la personne d'un officier général qui s'en allait guerroyer en Italie. Je dirai en passant qu'il semble difficile, comme on l'a quelquefois avancé[1], qu'il ait dû cette faveur au marquis de Pezay, lequel à cette époque n'était pas encore au monde[2].

La campagne d'Italie, glorieuse pour la maison de Bourbon, n'inspira que des vers assez médiocres

1. Édition de 1803 (t. I, p. 8).

2. Le marquis de Pezay est né à Versailles en 1741.

à Bernard ; mais il racheta cette faiblesse par la
valeur et le courage dont il fit preuve pendant toute
la guerre. Depuis ce moment, la faveur semble
s'attacher à ses pas. Secrétaire du maréchal de
Coigny, il se voit néanmoins interdire ce doux plaisir
de versifier devenu chez lui une passion. M. de
Coigny, homme dur et impérieux, ne semblait pas
attacher un grand prix au mérite et au charme de
l'homme qu'il avait, il est vrai, accueilli dans sa
maison, mais qu'il refusait hautement d'admettre à
sa table. Bernard ne se livrait à ses goûts qu'en
secret, et quelques rares amis avaient seuls la pri-
meur de ses inspirations. Le comte de Coigny, fils
du maréchal et gouverneur du château de Choisy,
racheta largement les torts de son père en faisant
obtenir à Bernard, en 1740, la place de secrétaire
général du régiment des dragons dont lui-même
était le colonel. C'est à cette occasion que Voltaire
écrivait de Bruxelles, à la date du 27 mai 1740,
une lettre des plus flatteuses à notre poëte. « Je
« fais, lui disait-il, mon compliment à Monsieur
« de Coigny de ce qu'il joint à ses mérites celui de
« récompenser et d'aimer le vôtre. Vous serez tou-
« jours des trois Bernard celui pour qui j'aurai le
« plus d'attachement, quoique vous ne soyez encore

« *ni un Crésus, ni un Saint*..... *Vous avez com-*
« *mencé, mon charmant Bernard, un ouvrage uni-*
« *que en notre langue et qui sera aussi aimable que*
« *vous.* » C'est à l'ART D'AIMER *que Voltaire fait*
allusion ; mais plus tard il brûlera ce qu'il a
adoré, et ce qu'il jugeait en 1740 *un ouvrage*
unique deviendra en 1773 « *un des plus ennuyeux*
poëmes qu'on ait jamais faits ». *Il ajoutera tar-*
divement et comme à regret : « *Cependant il y a*
« *dans ce long poëme une trentaine de vers admi-*
« *rables et dignes d'être éternels comme le sujet du*
« *poëme le sera.* » *Ce penchant à dénigrer Ber-*
nard, qu'il avait, dans un moment d'expansion, sur-
nommé Gentil Bernard[1]*, Voltaire le pousse pres-*
que trop loin. Le grand donneur de sobriquets[2]
se complaît dans d'amères critiques sans cesse re-
nouvelées.

Le 1er *septembre de cette même année* 1773,

1. Mme de Pompadour, qui porta cependant un certain intérêt à Bernard, ne comprenait pas qu'on eût pu
lui donner le surnom de Gentil, ne lui ayant jamais en-
tendu dire une saillie qui valût la peine d'être rapportée.
« Il ne sait faire, disait-elle, que des compliments puisés
« dans l'histoire de Vénus et des Grâces, et il est superficiel
« en tout, même en littérature. » (*Gazette des Beaux-Arts*,
t. III, p. 302.)

2. Le mot est de Sainte-Beuve.

n'écrivait-il pas déjà à M. de Saint-Lambert quel-
ques lignes pour le moins aussi sévères ? « Ce pau-
« vre Bernard était bien sage de ne pas publier
« son poëme : c'est un mélange de sable et de
« brins de paille avec quelques diamants très-jo-
« liment taillés. »

Grâce à sa place de secrétaire général des dra-
gons, Bernard put jouir enfin de cette aisance qui
sert si bien le travail et l'inspiration. C'est de cette
époque que date en même temps pour lui l'origine
de succès littéraires dont il n'a jamais cherché à
tirer la moindre gloire.

Il lui avait été donné de connaître, avant qu'elle
ne fût à la cour, cette courtisane qui sut donner
au règne de Louis XV une gloire et un éclat ar-
tistiques qu'il n'aurait jamais eus sans elle. Devenue
presque reine, la marquise de Pompadour n'oublia
pas Bernard, et, lui continuant ses faveurs, elle le
fit nommer[1] bibliothécaire du Roi à Choisy, poste

---

1. Voici, à propos de cette nomination, l'opinion peu
favorable du marquis d'Argenson : « On vient de donner
« sans nécessité 3,000 livres de pension au petit Bernard,
« poëte, qui avait déjà 12,000 livres de rente comme se-
« crétaire du corps des dragons. On l'a fait bibliothécaire
« de Choisy. » (*Journal et Mémoires du marquis d'Argen-*
son, t. V, p. 139, de l'édition donnée par M. Rathery.)

des moins fatigants, et qui, de plus, donnait au poëte
l'avantage de jouir d'une habitation et de terrains
admirablement situés. Il sut approprier le tout avec
autant de goût que d'intelligence, et la poésie trouva
encore son compte dans cette galante installation[1].
Ici c'était une inscription moqueuse placée sur une
glacière ; là, un quatrain des plus tendres désignait
un boudoir coquet. Sans parler de CASTOR ET
POLLUX, la pièce de résistance de l'Opéra d'alors,
quand il était aux abois, sans donner le détail des
poésies fugitives ou des madrigaux dont l'éditeur
de 1803 a pu remplir deux volumes, il est à pré-
sumer que c'est pendant cette époque la plus heureuse de sa vie que Gentil Bernard acheva son
poëme de l'ART D'AIMER. L'amour, en effet, a été,
bien plus que la gloire ou l'argent, la préoccupa-
tion constante de Bernard, et l'on est malheureuse-
ment forcé d'avouer qu'il causa sa perte. Sa grande
ambition fut de rester éternellement jeune, vert et
gaillard d'aspect aussi bien que d'allures. Épris
de la bonne chère et des belles filles, se plaisant
fort à rimer des bouquets à Chloris ou de tendres
tirades, il poussait toutefois la modestie jusqu'à ne

---

1. Il y célébrait tous les ans la fête des Roses dans une
espèce de petit temple décoré de toiles d'opéra.

les faire connaître que quand on le priait beaucoup. Les lecteurs de l'ART D'AIMER le mirent, bien malgré lui, je pense, en évidence.

Dans cette société frivole et portée à raffoler d'un .rien, ce fut une rage, à un certain moment, de connaître ce gracieux poëme et de l'entendre lire par un poëte dont les 'galanteries étaient dans la bouche de tous[1]. Elles devaient être aussi nombreuses que diverses, si j'en juge par les traces qu'on en retrouve dans le curieux journal des inspecteurs de M. de Sartines. On peut y voir, en effet, que si Bernard donnait, pour être trompé par elle, six louis par mois à Mlle d'Héricourt, il trouvait en revanche du désintéressement chez Mme de Saint-Julien, femme du receveur général du clergé et en possession d'un naturel des plus ardents.

Pour ce poëme de l'ART D'AIMER, réimprimé aujourd'hui dans la Collection des petits chefs-d'œuvre, il est bon de ne pas user d'expressions excessives. C'est, en effet, bien plutôt l'œuvre d'un poëte agréable, d'une muse aimable, que celle d'un es-

1. Marmontel, dans un passage de ses *Mémoires* où il parle de l'abbé de Bernis, ajoute que ce poëte, avec le Gentil Bernard, amusait de ses jolis vers les joyeux soupers de Paris.

prit hors ligne. C'est gracieux, joli, tendre, tour à tour naïf et égrillard ; c'est un rien que sa simplicité même fera vivre éternellement et que tout le monde lira et se prendra peut-être à relire. Les contemporains de Bernard ont affirmé en vain que le poëme cessa de plaire et d'être goûté le jour où il fut imprimé. Voilà, ce me semble, un jugement sévère et dont l'évidente exagération est depuis tombée d'elle-même.

Certes quelques ouvrages de l'auteur, animés, quand il les lisait en public, de son prestige personnel, prenaient un aspect et une couleur qu'ils ne pouvaient garder dans la suite ; mais ce n'est pas le cas de l'ART D'AIMER, qui peut encore trouver grâce devant un lecteur froid et analysateur. « Ses « œuvres ne soutiendraient pas le grand jour « de l'impression ! Sunt voces prætereaque ni- « hil[1] ! » Voilà la critique que beaucoup adressent à Bernard. Il semblerait qu'il se rangeait volontiers à cet avis, puisque ses œuvres, à l'exception de quelques vers semés dans les recueils du temps, ne virent

1. Palissot, qui n'était pas un écrivain des plus indulgents, faisait cependant le plus grand cas du poëme de l'*Art d'aimer*. L'article louangeur consacré à Gentil Bernard dans le *Nécrologe* de 1776 est de lui.

le jour que dans ses derniers moments et à un in-
stant où il ne pouvait, hélas ! s'opposer à ce que sa
famille l'imprimât ainsi malgré lui[1].

    J'ai dit que Bernard, lorsqu'il fut arrivé enfin à
une situation qui lui permettait de prendre sa part
des plaisirs de la vie, et il sut se la faire large,
s'empressa, comme l'y poussaient d'ailleurs ses
goûts, de consacrer tous ses instants à l'amour et à
la table. Il s'imagina qu'il lui serait possible de
déjouer la nature et d'échapper aux atteintes iné-
vitables du temps. Il n'en fut rien. Dans les pre-
miers jours de février 1771, il avait alors plus de
soixante ans, comme il visitait Madame d'Egmont,
et que la comtesse, qui n'avait pas voulu jadis, mal-
gré les pieux conseils de Voltaire, rester « campée
aux Carmélites », priait le poëte d'être un mo-
ment son secrétaire, la paralysie s'empara de son
corps autrefois si vif et si alerte. Elle cloua au lit ce
gentil compagnon de toutes les fêtes, qui avait cru
longtemps qu'elles ne cesseraient jamais, et que la
machine humaine était faite de telle façon que rien

---

    1. Il est fâcheux que presque tous ses ouvrages aient
paru furtivement, et qu'il n'ait pu lui-même les revoir et
en donner une édition complète. (*Mémoires secrets*, à la
date du 7 novembre 1775.)

n'était capable de l'arrêter. Tout à coup le mal
qui venait de frapper le charmant auteur de l'ART
D'AIMER prit une tournure étrange. Le souvenir de
toute sa vie s'effaça de son esprit; le nom de ses
amis, les joyeux repas de Choisy avec Collé et
Dorat[1], la liste de toutes les belles qui lui avaient
fait passer tant d'heures heureuses, la mémoire de
ses bienfaiteurs et de leurs bienfaits, il ne se sou-
vint plus de rien. Il allait cependant et venait
comme par le passé, mais inconscient de lui-même.
A table sans gaieté, traversant les promenades
avec la démarche d'un spectre, muet auprès des
femmes et sans regards pour elles, oublieux de
l'amour dont il eût donné des leçons aux dieux,
il traîna quelques années une existence misérable,
pendant laquelle il ne vivait plus. Un jour, à
l'Opéra on jouait CASTOR ET POLLUX : ne deman-
da-t-il pas les noms des auteurs de la pièce! Cette
triste situation inspirait à Voltaire, alors à Ferney,
un mot qui ne visait, j'en ai peur, qu'à être plaisant : « On dit que Gentil Bernard a perdu la
« mémoire ; il a pourtant pour mère une des filles
« de Mémoire, et il doit avoir du crédit dans la

---

1. *Journal de Charles Collé*, t. III, p. 151, de l'édition donnée par M. H. Bonhomme.

famille [1]. » *Je cherche en vain la pitié, et je ne vois que l'ironie chez l'égoïste favori du roi de Prusse.*

La mort vint enfin, en 1775, *arracher Gentil Bernard à ce monde qu'il avait déjà entièrement oublié, et il expira à Choisy, entouré des images et des tableaux voluptueux qu'il avait rassemblés avec tant de plaisir et de goût, mais qui, à la dernière heure, ne rappelaient à ce vieillard usé ni les chers souvenirs de la jeunesse trop vite envolée, ni la mémoire de celles qui avaient pris, sans le trouver jamais rebelle, tous les instants de sa vie. Le chantre de l'*ART D'AIMER *quitta la terre ainsi qu'un lieu de fête, sans regrets comme sans haine, le souvenir de toutes choses s'étant depuis quatre années effacé à jamais de son esprit. Jours de tristesse ou de joie, de fortune et de misère, rien n'avait existé pour lui à partir de l'heure fatale à laquelle il avait regardé avec des yeux troublés et hagards la fille de Richelieu, à laquelle il venait rendre un galant hommage. A cette fin navrante de Bernard il y a presque une compensation, et il est doux de penser que celui qui avait, au début de la vie, connu les*

---

1. *Lettre à M. de La Harpe* du 25 février 1771. Voir encore celle du 9 août de la même année, adressée à M. le comte d'Argental.

*privations et les jours difficiles, ne joignit pas
à une catastrophe sans remède un malheur plus
terrible encore, en ajoutant un nom de plus à la
liste déjà longue des poëtes qui sont morts après
avoir connu toutes les misères, et qui ont une place
douloureuse dans l'inépuisable martyrologe des
lettres.*

F. DE MARESCOT.

Mars 1874.

L'ART D'AIMER

CHANT PREMIER

J'ai vu Coigny, Bellone, et la Victoire :
Ma foible voix n'a pu chanter la gloire ;
J'ai vu la cour : j'ai passé mon printemps
Muet aux pieds des idoles du temps.
J'ai vu Bacchus sans chanter son délire.
Du dieu d'Issé j'ai dédaigné l'empire.
J'ai vu Plutus : j'ai méprisé sa cour ;
J'ai vu Daphné : je vais chanter l'Amour.
Toi seul, ô toi, jeune objet que j'adore,
De tous les dieux sois le seul que j'implore !

Que l'art d'aimer se lise en traits vainqueurs,
En traits de feu, tel qu'il est dans nos cœurs.
L'Amour m'inspire, il m'apprend comme on aime ;
De ses plaisirs instruisons l'Amour même.
A tes genoux, dans tes bras, sous tes yeux,
J'en donnerois des leçons, même aux dieux.
Aux vrais amours ma lyre consacrée
Ne chante point et Lampsaque et Caprée,
Ni de Chrysis les lascives fureurs,
Ni de Flora les nocturnes horreurs.
Qu'ici l'Amour, épurant son système,
Nu, mais décent, plaise à la pudeur même ;
Que Vénus donne à Vesta des desirs :
Je veux des mœurs compagnes des plaisirs.
Qu'à d'autres chants soit aussi réservée
De Sybaris la mollesse énervée,
Des Amadis les respects insensés,
Et du Lignon les bords toujours glacés.
Dans mes portraits, Albane plus fidèle,
Peignons l'amour comme on peint une belle ;
D'un jour aimable éclairons son tableau,
Vrai, mais flatté ; tel qu'il est, mais en beau.
    J'appelle amour cette atteinte profonde,
L'entier oubli de soi-même et du monde,
Ce sentiment soumis, tendre, ingénu,

Prompt, mais durable, ardent, mais soutenu,
Qu'émeut la crainte et que l'espoir enflamme ;
Ce trait de feu qui des yeux passe à l'ame,
De l'ame aux sens ; qui, fécond en desirs,
Dure et s'augmente au comble des plaisirs ;
Qui, plus heureux, n'en est que plus avide :
Voilà le dieu de Tibulle et d'Ovide,
Voilà le mien. Venez tous l'adorer ;
Plein de ses feux, je les veux inspirer.
Je consacrai mes jours à le connoître :
Un maître heureux doit enseigner à l'être.
Tout cœur sensible est né pour m'obéir ;
Choisir l'objet, l'enflammer, en jouir :
Beautés, amants, voilà notre carrière.

Déjà mon char a franchi la barrière :
Daphné me voit ; et l'Amour, qui m'entend,
Met dans ses mains le myrte qui m'attend.

Jadis un sage, armé d'un trait de flamme,
Analysa les voluptés de l'ame :
Platon... Mais quoi ! d'un froid mortel atteint,
L'Amour a fui : son flambeau s'est éteint.
Cesse, a-t-il dit, ou choisis mieux ton guide,
A ses leçons vois l'ennui qui préside.
Oses-tu bien à Cythère, à ma cour,
Donner pour loi son chimérique amour !

Ne veux-tu pas, martyr de la constance,
Prêcher des cœurs l'éternelle alliance !
Mais devant qui, zélateur indiscret,
De tes langueurs vas-tu chanter l'attrait !
Un joug pénible est-il donc le partage
D'un peuple ardent, indocile, volage ;
Fidèle à Mars, mais perfide aux amours,
Fait pour jouir, plaire, et changer toujours !
Vois par ses goûts quel doit être son maître ;
Et, pour l'instruire, apprends à le connoître.

Dieu de mon cœur, tes abus font mes lois ;
Je n'irai point, en préceptes gaulois,
Changer les mœurs de tes chers infidèles,
Vieillir ton âge, attenter sur tes ailes :
Tout m'est sacré dans le dieu que je sers.
De tes captifs j'adoucirai les fers,
Mais sans prescrire une loi qui t'étonne.
Ta gloire, Amour, ton intérêt ordonne
Que la constance, éprouvant nos desirs,
Verse à longs traits la coupe des plaisirs.

Toi, dont le cœur est né pour la tendresse,
Conçois tout l'art du choix d'une maîtresse :
Il veut des soins ingénieux, constants ;
Cherche, étudie et les lieux et les temps,
Compare, oppose, et vois d'un œil austère

L'âge, les goûts, l'ame et le caractère.
A tes regards mille objets sont offerts;
Choisis. Mais, dieux! se choisit-on des fers!
A-t-on le temps de chercher et d'élire?
Raisonne-t-on? L'amour est un délire.
L'oiseau qu'en l'air un chasseur a blessé
A-t-il pu voir le trait qu'on a lancé?
Les traits d'Amour sont encor plus rapides;
Son bras caché frappe ses coups perfides;
Il rit d'un cœur vainement étonné,
Le matin libre, et le soir enchaîné.
Le ravisseur qui mit Pergame en poudre
De cet Amour sentit le coup de foudre;
Didon brûla d'aussi rapides feux.
Ceux dont le ciel maîtrise ainsi les vœux
N'ont pour aimer aucune étude à faire;
Mais, par mes lois, je leur enseigne à plaire.
Vous que l'Amour brûle plus lentement,
Apprenez l'art de choisir en aimant.

Tel que Zéphire, au moment qu'il s'éveille,
Marque les fleurs que doit sucer l'abeille,
Moi je parcours les jardins de Cypris,
Et des beautés je marque ainsi le prix.

En remontant aux sources du bel âge,
Vois l'innocence, adore son langage,

Les pleurs naïfs, le sourire enfantin,
L'air ingénu, le regard incertain.
Quand les beautés, crédules et craintives,
Tiennent encor leurs caresses captives ;
Quand la nature, épiant tous ses sens,
Baisse les yeux sur ses trésors naissants,
Rougit de plaire en cherchant à séduire,
Et veut ensemble ignorer et s'instruire :
Voilà quinze ans. L'aube aimable du jour,
C'est une belle, enfant comme l'Amour,
Qui n'a d'attraits que sa fraîcheur nouvelle,
Et sa pudeur, des graces la plus belle.
L'âge qui suit, développant ses traits,
Offre à l'Amour de plus piquants attraits.
Au doux éclat qu'a produit cette aurore
Succède un jour plus radieux encore ;
Et tous les fruits qu'un amant peut cueillir
Ont achevé de naître et d'embellir.
L'essor est pris, l'ame a senti ses ailes ;
Tous ses besoins sont des fêtes nouvelles ;
Le cœur instruit démêle ses desirs :
C'est à vingt ans qu'on a tous les plaisirs.
De trente hivers le temps marque les traces ;
La beauté perd ce qu'on ajoute aux graces ;
On n'est plus jeune, on est belle pourtant ;

On met plus d'art aux piéges que l'on tend :
C'est le tissu des intrigues secrètes,
L'art des atours, l'arsenal des toilettes ;
Le soin de plaire et la soif de jouir
Redouble encor, loin de s'évanouir.
Par l'âge accrus, les sens ont plus d'empire :
C'étoit l'amour, c'est alors son délire ;
Ardent, avide, impétueux, hardi,
C'est un soleil brûlant en son midi.
   Moins jeune encor, la beauté nous engage.
L'art du maintien, les graces du langage,
Les dons acquis, les charmes empruntés,
Donnent un lustre au couchant des beautés ;
L'Amour, fidèle à leurs flammes constantes,
Se glisse encor sous les rides naissantes,
Et, pour régner jusqu'aux derniers instants,
Sème de fleurs les ruines du temps.
La jeune rose, en se pressant d'éclore,
Fait au matin le charme de l'aurore ;
Clytie, au soir, dans son riche appareil,
Fait l'ornement du coucher du soleil.
Tout plaît un jour, tout âge a ses délices :
Ces dons divers sont faits pour nos caprices ;
Par eux l'Amour, variant ses attraits,
Forme un carquois d'inépuisables traits.

Il est des yeux dont la langueur touchante
Pénètre un cœur, l'amollit et l'enchante ;
D'autres plus vifs l'enflamment à leur tour :
Ce sont les traits, les foudres de l'Amour.
L'une a du port l'élégante noblesse,
L'autre une taille où languit la mollesse ;
Plus d'embonpoint embellit celle-ci ;
Là sont les lis ; les roses sont ici.
Chaque beauté fait un lot à chacune :
Laure étoit blonde, et Corinne étoit brune.

     Quand l'œil a vu, quand ce trait est lancé,
Le choix d'un cœur veut être balancé.
Une coquette et brillante et légère
Plaira toujours par son étude à plaire.
Tendre, naïve, égale en sa pudeur,
La simple Agnès excite plus d'ardeur
Lorsqu'un amant, l'aidant à se connoître,
Par le plaisir, lui fait sentir son être ;
La prude anime, et plaît à désarmer ;
Une mystique excelle à bien aimer.
Dans le plaisir la folle qui s'enflamme
Met plus d'esprit, la rêveuse plus d'ame.
J'aime un caprice et de feintes rigueurs.
Sauvons l'amour du pavot des langueurs.
De l'enjouement Églé fait son partage ;

Lise a le goût, Charite le langage;
Chloé se tait, mais l'Amour dans ses yeux
Met son esprit, qui n'en parle que mieux.
　Sur trois états décide ton hommage :
Chloé t'appelle aux moissons du bel âge :
C'est une fleur qui n'attend que le jour
Qui doit l'ouvrir au souffle de l'Amour.
Celle qu'Hymen veut soustraire à tes armes,
Aimant par fraude, aime avec plus de charmes.
Et, secouant les chaînes d'un jaloux,
Sert mieux l'amant pour mieux tromper l'époux.
D'un deuil frivole écarte le nuage,
Et glane au champ du tranquille veuvage :
C'est un asile où, sans peine écouté,
L'amant heureux jouit en liberté.
Ce sexe aimable a tout ce qu'on adore;
Tous les talents l'embellissent encore;
Sur tous les arts ses beaux yeux sont ouverts :
Vénus instruit, les Graces font des vers;
Sapho, Corinne, ont des sœurs dignes d'elles.
Vois l'ambigu des toilettes des belles;
Tout ce qui sert l'esprit et les appas,
Livres, atours, bijoux, lyres, compas,
Couvrent l'autel de Flore et de Thalie.
Pourquoi blâmer ce que leur culte allie?

Ce sont les jeux des Amours triomphants ;
Albane eût peint ces folâtres enfants.
L'un, pour servir une flamme secrète,
Contre un jaloux dirige une lunette ;
L'autre en un coin calcule ses desirs,
Ou traite à fond l'essence des plaisirs.
Tel à sa voix joint un clavier sonore ;
Tel autre esquisse un objet qu'il adore.
Suivez, amants, ce qui plaît aux Amours :
L'art donne à tous ses utiles secours.
Je sais quel charme il prête à la tendresse :
J'ai vu Daphné, sirène enchanteresse,
Sous un treillage où Bacchus est vainqueur,
Boire, verser, et chanter sa liqueur ;
J'ai vu Daphné, Terpsichore légère,
Sur un tapis de rose et de fougère
S'abandonner à des bonds pleins d'appas,
Voler, languir, et, mesurant ses pas,
Tendre aux plaisirs les bras qu'elle déploie.
Telle, en versant le nectar et la joie,
D'un pas léger, sur la voûte des cieux,
La jeune Hébé danse aux festins des dieux :
Ou telle encor, plus vive et plus touchante,
Sallé poursuit Amadis qui l'enchante.
    Pour faire un choix, habite aux lieux divers

Où la beauté donne et reçoit des fers.
Vole au grand jour, porte tes yeux avides
Dans ces jardins peuplés de nos Armides ;
Cherche ta proie à la ville, à la cour :
Les bals seront des fêtes pour l'Amour.
De plus d'objets vois la scène embellie
Chez Melpomène, aux loges de Thalie ,
Sur ce théâtre aux magiques accents,
Où tous les arts enchantent tous les sens ;
Où la beauté, paroissant sous les armes,
Veut, sans rien voir, étaler tous ses charmes.
Tout rit, tout plaît, tout brille en ce séjour,
Le cœur, les sens, l'amour-propre, l'amour ;
Le dieu des ris, celui de la mollesse,
De tous les sucs composent une ivresse.
Dans ce chaos d'un monde séducteur
Tout est spectacle, et chacun est acteur.
Monte, et poursuis ta carrière galante :
Vois de la cour la planète brillante ;
Lève tes yeux sur ces astres nouveaux :
L'illusion va les rendre plus beaux.
Les déités de cet olympe aimable
Auront une ame accessible et traitable :
Tu les verras, mortelles à leur tour,
De la grandeur descendre pour l'amour,

Passer du Louvre au tapis des fougères,
Et soupirer ainsi que les bergères.

   Beautés, ô vous l'objet de notre choix,
Pour en faire un, suivez aussi mes lois !
Il veut plus d'art, de mystère, et d'attente.
Qu'à son début doit trembler une amante !
Quel embarras suit le don de son cœur !
Et quel tourment, si Jason est vainqueur !
L'amant trop jeune est un zéphyr volage ;
L'ambition remplit l'été de l'âge ;
Lent à répondre à de jeunes ardeurs,
L'automne arrive, et n'a que des tiédeurs :
Pour le vieillard, insensé s'il est tendre,
Des feux d'amour il n'a plus que la cendre.
Le temps d'aimer veut la jeune saison :
Qu'eût fait Hébé des caresses d'Éson ?
Un choix plus mûr, un goût sage préfère
L'âge des sens, quand la raison l'éclaire.

   Si vous craignez les renoms éclatants,
Défiez-vous des demi-dieux du temps,
Qui, l'une à l'autre enchaînant vos images,
Vont publier vos crédules hommages ;
Qui, décelant leur culte et vos autels,
Ne sont heureux qu'autant qu'on les croit tels.
La renommée et ses cent voix perfides

Sont les échos de leurs crimes rapides.
Tel un éclair qui brille et qui s'enfuit
Laisse après lui le tonnerre et le bruit.
Fuyez des grands l'appareil infidèle :
L'éclat d'un nom coûta cher à Sémèle.
　　D'autres sauront, à vos fers attachés,
S'ensevelir dans des plaisirs cachés.
Pour en tracer une image sensible,
L'amour constant est comme un lac paisible,
Profond, égal, toujours beau, toujours clair,
Inaccessible aux tempêtes de l'air,
Qui, sans chercher le tribut d'autres ondes,
Se régénère en ses sources fécondes.
L'amour volage est semblable au torrent ;
Il tombe, il roule, il fuit en murmurant :
Tari bientôt dans sa source égarée,
Né d'un orage, il en a la durée.
Suivez les flots dont le calme est certain :
D'un heureux choix dépend votre destin.
Par son respect l'amour vrai se déclare ;
C'est lui qui craint, qui se fuit, qui s'égare,
Qui d'un regard fait son suprême bien,
Desire tout, prétend peu, n'ose rien ;
Qui sur les fleurs fait marcher la constance,
Voit tout en beau, met tout en jouissance,

Dans les revers armé de plus de feux,
Dans les faveurs empressé, quoiqu'heureux.
    Il est encor de ces amants fidèles
Qui de l'Amour ont les feux, non les ailes ;
Qui, dans ce siècle, âge des inconstants,
Gardent les mœurs de l'enfance des temps.
Pour dérober une flamme inconnue,
L'amant d'Io la couvrit d'une nue.
On vit Alphée, humble dans ses roseaux,
Cacher le cours et le lit de ses eaux,
Et, s'écoulant dans sa route confuse.
Se perdre au sein de la tendre Aréthuse.
Ces vrais amants n'habitent pas la cour :
L'ambitieux est-il fait pour l'amour ?
Là, sous son dais, la Fortune jalouse
Veut tout entier un amant qu'elle épouse :
En soupirant, moins d'amour que d'ennui,
Séjan vous trompe, et n'adore que lui.
Pour affermir des liens plus durables,
Cherchez en nous des qualités aimables.
Nyrée est beau. J'y veux encore un point,
C'est de l'esprit : car les sots n'aiment point.
A-t-il un cœur ce Narcisse idolâtre,
Cet être oisif, papillon du théâtre,
Qui, sans pudeur, s'assied, lorgne, s'étend ;

Bat, chante faux l'air qu'à peine il entend,
Siffle l'acteur et sourit à l'actrice,
Va, vient, parcourt degré, loge, coulisse,
Et qui de là, le plus fier des vainqueurs,
Va soupirer chez l'actrice des chœurs?
Appesanti du poids de la matière,
Que fait au bras d'une amante grossière
Ce vil Crésus dont l'or seul éblouit?
Eh! jouit-on sans penser qu'on jouit?
De quelque effort que les sens nous secondent,
Les nuits d'amour d'interrègnes abondent :
L'esprit supplée à des feux languissants,
Et son travail fait le repos des sens.

De nos plaisirs compagnon plus solide,
Le sentiment veut être aussi leur guide ;
Mais, secourus par l'esprit et par lui,
Craignez encor de retrouver l'ennui.
Fuyez sur-tout l'amour triste et bizarre
D'un soupirant pâmé sur sa guitare,
Gravement fou, sottement circonspect,
Qui, promenant l'ennui de son respect,
Dit aux échos les tourments qu'il essuie,
Dupe et martyr des beautés qu'il ennuie.
Ah! que plutôt j'élirois, à ce prix,
Le plus changeant des enfants de Cypris!

Craignez aussi le platonique hommage
D'un sot qui fait de Cupidon un sage,
Et l'esprit pur de l'insipide amant
Près. d'une belle assis nonchalamment,
Qui de l'amour, docteur pâle et frivole,
Fait un système, et du lit une école ;
Qui, sans chaleur, dit qu'il brûle toujours,
N'admet que l'ame en ses chastes amours,
Qu'un feu subtil, impuissant météore ;
Mais qui distingue, argumente, pérore,
De son néant vante en lui les appas,
Et blâme en moi le pouvoir qu'il n'a pas.
Loin, loin de nous la doctrine glacée
Qui fait l'amour enfant de la pensée :
L'amour brûlant, avide, impétueux,
Moteur actif des sens tumultueux,
Nourri d'espoir, accru par les délices,
Fécond en vœux, prodigue en sacrifices.
Qu'il brille encor des feux du sentiment ;
Que l'ame ait part à cet embrasement ;
Que l'esprit même, épurant la matière,
Aux voluptés prête enfin sa lumière.
Mais, je l'ai dit, c'est un dieu qui m'instruit ;
Otez les sens, tout amour est détruit.
J'entends d'ici prononcer l'anathème,

Et la pudeur frémit de mon système.
On le condamne, on m'accuse; eh! pourquoi,
Si la nature en a fait une loi?
　Je vous atteste, ô beautés que j'enseigne!
De cet amour, oui, vous suivez l'enseigne.
Qu'un jeune amant, pour plaire à vos regards,
Ait le teint, l'âge et la taille de Mars :
Sans ces attraits, qu'à Florence on renomme,
La santé mâle est la beauté de l'homme.
Trouvez pourtant, s'il se peut, réunis
Les dons d'Alcide et les traits d'Adonis :
S'il faut des deux que votre goût décide,
Vous rougirez, mais vous prendrez Alcide.
Pour ajouter la peinture à ces traits,
D'un paysage égayons nos portraits.
　La cour de Pan vit un jeune Satyre,
Novice encor dans l'amoureux martyre,
De ses ardeurs dévoré nuit et jour,
Impatient des premiers feux d'amour.
Sans trop d'éclat, le demi-dieu sauvage
Joignoit la force aux graces du bel âge.
D'un front d'audace et d'un œil d'attentat
Pronostiquant les mœurs de son état,
Il poursuivoit Dryades et Napées,
Ou sous l'écorce, ou sous l'onde échappées :

3

Toutes fuyoient son aspect indécent.
De sa laideur lui-même rougissant,
Il crut un jour corriger la nature,
Et de roseaux se fit une ceinture.
Mais quel espoir qu'un Faune se contînt !
Il n'est roseau ni feuillage qui tînt.
Il ignoroit qu'à ses maux plus sensible,
La jeune Églé n'étoit point invincible.
Elle le vit, cet objet de terreur,
Et son maintien ne lui fit point horreur.
Elle fuyoit; mais Églé, dans sa fuite,
Tournoit la tête : Églé fuyoit moins vite.
Le Faune ardent, pour revoir ses appas,
Ou devançoit, ou suivoit tous ses pas.
Errant un jour, dans sa fougue incertaine,
Au fond d'un bois il vit une fontaine
Qu'on appeloit fontaine de beauté :
Toute laideur sur ce bord enchanté
Disparoissoit. Dans sa douleur profonde,
Il veut tenter le miracle de l'onde :
Il entre. A peine il en touche le bord,
Son pied de Faune y disparoît d'abord,
Sa jambe après; l'eau, montant à mesure,
De ses genoux passoit à la ceinture :
Ainsi croissoit le prodige des eaux.

Un cri sortit tout-à-coup des roseaux :
« Demeure, attends, fuis cette onde funeste ;
Ah ! garde-toi d'embellir ce qui reste !
Charmant Satyre, hélas ! que deviens-tu ? »
C'étoit Églé qui, malgré sa vertu,
Cédant alors à sa crainte ingénue,
Entre ses bras s'élance à demi nue.
De ses conseils Églé reçut le prix
Sur ce bord même où le Satyre épris
Perdit la fleur qui causoit son martyre.
Eh ! quel trésor que la fleur d'un Satyre !

    Le choix fixé, l'ordre de mes travaux
Porte ma Muse à des efforts nouveaux :
Plus nous marchons, plus l'art est nécessaire ;
L'objet connu, sa conquête est à faire.

CHANT SECOND

Des dons du ciel le plus cher à nos yeux
Est ce rayon de l'essence des dieux,
Cet ascendant, ce charme inexprimable,
Ce trait divin par qui l'homme est aimable,
Ce don de plaire enfin plus souhaité
Que n'est l'esprit, plus sûr que la beauté.
Sur tous nos traits il imprime ses traces;
Il donne à tout le coloris des graces,
Séduit sans art, enchaîne sans effort,
De la tendresse est l'aimant le plus fort;
C'est une autre ame à nos ressorts unie,
Qui d'un beau tout compose l'harmonie.
Vous qui portez ce caractère heureux,
Je vous fais roi de l'empire amoureux.

Sans pénétrer jusqu'au sombre rivage,
Sans talisman, sans philtre, sans breuvage,
Sans Canidie et tout l'enfer armé,
Soyez aimable, et vous serez aimé.
Qui sait aimer est plus aimable encore ;
Un cœur sensible est ce qu'un cœur adore :
La beauté plaît ; soutenons ses attraits
Du sentiment, le plus beau de ses traits.

Toi dont l'amour augmentera les charmes,
Qu'un peu d'audace accompagne tes armes ;
Lance tes traits, frappe, et sois convaincu
Qu'on peut tout vaincre, et tout sera vaincu.
La plus rebelle est souvent la plus tendre.
Telle qui feint, et qui languit d'attendre,
D'un feu couvert brûlant au fond du cœur,
Combat d'un air qui demande un vainqueur.
Fières beautés, prudes de tous les âges,
Qui nous vantez vos caprices sauvages,
Écoutez-moi, cet oracle est certain :
On aime un jour, c'est l'arrêt du destin.
Usez des biens que le printemps vous donne :
Un dieu vengeur vous attend à l'automne,
Et, punissant une indocile erreur,
Garde un Atys pour Cybèle en fureur.
Craignez l'amour, étudiez son heure :

La beauté fuit; le cœur entier demeure,
Sèche, languit, et, tout percé de traits,
Est dévoré du serpent des regrets.
Mais nous, chargés des plaisirs du bel âge,
De leurs attraits précipitons l'usage,
Et, combattant d'imbéciles efforts,
Par les plaisirs sauvons-les des remords.

  Ne prétends pas, toi qui veux les surprendre,
Du même assaut les forcer à se rendre.
J'offre à tes pas mille sentiers ouverts :
Car, selon l'âge, il est des soins divers.
Un jeune objet, enchanté de lui-même,
Veut qu'on le flatte encor plus qu'on ne l'aime :
L'amant qui loue est l'amant couronné ;
Avant l'amour l'amour-propre étoit né.
L'ambitieuse, en proie à sa manie,
Doit à l'intrigue asservir ton génie ;
Fuis le repos, vois les grands, suis la cour,
Et fais servir la fortune à l'amour.
La beauté vaine au luxe s'abandonne
Et s'attendrit des fêtes qu'on lui donne.
D'Alcibiade imitateur galant,
Charme ses yeux par un luxe opulent,
Commande aux arts, invente, multiplie
Les jeux, la pompe où la fierté s'oublie.

Amants d'éclat, courtisans de renom,
Vous que décore et produit un beau nom,
D'un air d'audace abordez les cruelles,
D'écrits galants inondez les ruelles ;
Amants par faste et volages par goût,
Vous n'aimez rien quand vous adorez tout ;
Mais vous plaisez par le charme suprême
D'un air, d'un ton, d'un ridicule même ;
Brillants auteurs des scandales du temps,
Trop dangereux si vous étiez constants.

Toi qui, loin d'eux, dans la route commune,
N'es, comme moi, qu'un soldat de fortune,
Sans ces secours vole au combat, suis-moi,
Et par toi seul ose suffire à toi.
Pour mieux séduire, apprends à te contraindre :
L'Amour permet l'art que l'on met à feindre.
Amant soumis, Protée adorateur,
Voile ton front du masque adulateur,
Ris si l'on rit, pleure si l'on soupire,
Près d'une folle imite son délire,
Pour une muse orne ce que tu dis ;
Est-on dévot, sois dévot, et médis ;
Fuis ce qu'on hait, encense ce qu'on loue,
Gai si l'on chante, et dupe si l'on joue.

Au ton d'esprit qui triomphe aujourd'hui,

Sans soin du tien veille à celui d'autrui.
Dis ce qu'on sait, prête un mot qu'on oublie,
Amène un trait, prépare une saillie ;
Lent à briller, fais qu'on brille en tout point,
Humble artisan de l'esprit qu'on n'a point ;
Adore tout pour te rendre adorable :
Qu'il est aimé, celui qui rend aimable !

   O qu'en amour l'exemple est triomphant
Pour entraîner un cœur qui se défend !
Aux yeux charmés d'une timide amante
De nos beautés peins la foule galante,
Porte à l'excès leur penchant amoureux,
Rends tout amant, tout aimé, tout heureux ;
Offre en tous lieux la Circé de Pétrone ;
Comme Bussi, peins les mœurs de d'Olone ;
Donne à chacune une intrigue, un amant.
Si le vrai nom t'échappe en ce moment,
Nomme toujours ; cite un tel, fais connoître
Celui qui l'est, qui le fut, qui va l'être ;
Auteur fécond d'anecdotes d'amours,
Vois tes succès naître de tes discours.
L'exemple alors est un ordre suprême :
Des feux d'autrui l'on s'embrase soi-même.

   Si ta Vénus brûle d'un autre amour,
Diffère un temps à parler à ton tour ;

4

Couvre tes soins du bandeau de l'estime,
Deviens l'ami, le confident, l'intime :
L'amant suivra, favori spectateur,
Et le témoin sera dans peu l'acteur.
Aux petits soins, enfants de la tendresse,
Ajoute encor des dons de toute espèce.
Dans nos cités, le luxe ingénieux
Prête aux amants des secours précieux ;
Dans le hameau, la simple Timarette
N'attend d'Hylas que son chien, sa houlette ;
Mais Danaé veut, pour prendre des fers,
Voir briller l'or de cent bijoux divers ;
Pour l'enrichir de fragiles merveilles,
L'art et la mode ont épuisé leurs veilles ;
Et Clinchetel, plus séduisant encor,
Y joint ses dons, plus à craindre que l'or.
D'un rien souvent une belle s'enflamme,
Et par les yeux le trait passe dans l'ame.
Qu'elle ait par toi ces livres séducteurs
Faits pour l'Amour : l'Amour a ses auteurs,
Agents muets dont l'atteinte est certaine,
D'Urfé, Quinault, Pétrarque, La Fontaine,
Pétrone, Ovide, et mon Tibulle aussi.
Le premier voile est par eux éclairci ;
On conjecture, on soupçonne, on devine ;

Le cœur raisonne et l'instinct s'achemine :
Tel un brasier, d'obstacles entouré,
Dort sous la cendre et languit ignoré ;
Qu'un vent léger l'agite de son aile,
La poudre vole et la flamme étincelle.
　　Les chastes sœurs servent aussi l'Amour.
Si le talent vous conduit à leur cour,
En madrigaux présentez vos fleurettes
Et modulez des concerts d'amourettes ;
Mais n'allez pas, Castillan ténébreux,
D'une Isabelle esclave langoureux,
Sous un balcon fatiguant des cruelles,
Transir de froid pour enflammer vos belles.
L'amant françois suit un autre chemin :
On le verra, le champagne à la main,
D'un vaudeville agaçant une belle,
Chanter gaiement son martyre pour elle.
Chez nous l'amour jouit d'un plus doux sort :
On aime, on brûle, on expire, et l'on dort.
Il est des temps où la nature amante
Inspire à tous sa chaleur renaissante ;
Soupire alors : l'Amour, ainsi que Mars,
A des saisons pour tenter les hasards.
Lorsque Zéphire a déployé ses ailes,
Il rend à tout des parures nouvelles :

L'émail aux prés, la verdure aux coteaux,
Le calme à l'onde, et l'ame aux végétaux.
Quand tout s'anime à ses douces haleines,
Vénus entière habite dans nos veines,
Répand ses feux, qu'on n'y peut contenir :
Quand tout renaît, tout renaît pour s'unir.
C'est l'heureux temps des conquêtes rapides,
C'est la moisson du myrte des Alcides.
Comme les fleurs, l'ame s'épanouit :
On voit, on aime, on plaît et l'on jouit.
Gazon, berceau, trône et lit de verdure,
Sont à l'amour offerts par la nature.
    Toi qui n'as pu, de Delphire amoureux,
De ses faveurs trouver l'instant heureux,
Viens l'égarer au fond de ce bocage :
Ces bois sont faits pour la pudeur sauvage.
Là, par degrés, dévoile tes amours ;
Dis qu'elle est belle, en l'égarant toujours.
Elle t'évite, et pourtant se hasarde ;
Fuis, mais reviens ; fuis encor, mais regarde ;
Suis, ne crains rien : cette ombre, ce séjour,
Cette horreur même, encouragent l'amour ;
De ce gazon la fraîcheur vous attire,
J'y vois la place où va tomber Delphire.
Achève, éprouve un instant de courroux,

Meurs à ses pieds, embrasse ses genoux,
Baigne de pleurs cette main qu'elle oublie :
Elle rougit, c'est sa fierté qui plie ;
Elle se tait, l'Amour parle : crois-moi,
Presse, ose tout, et Delphire est à toi.

Quand les frimas du sagittaire humide
Glacent aux champs la Dryade timide ;
Lorsque Borée, à son triste retour,
Rend aux cités les belles et l'Amour,
Par d'autres soins poursuis d'autres conquêtes :
C'étoient des jeux, ce sont ici des fêtes.
Vole au théâtre, aux cercles, aux festins :
L'Amour au bal a des succès certains.
L'éclat du lieu, le tumulte, la danse,
L'œil du desir, la voix de la licence,
L'impunité du masque officieux,
Tout y fait naître un feu séditieux.
Écoute et parle un jargon téméraire :
Tout dire est l'art qui conduit à tout faire.

C'est au matin qu'un amant plus heureux
Saisit l'instant d'un réveil amoureux.
Arrive : on sonne, on entre chez Aglaure ;
De ses rideaux mille Amours vont éclore.
Elle est sans fard, sans voile, sans atour,
Ce que l'aurore est au berceau du jour.

A sa toilette assise avec mollesse,
La mode active, et le goût, et l'adresse,
Forment ces nœuds où leur art se confond
A méditer un frivole profond.
Les petits soins apportent sur leurs ailes
Ces riens galants, les trésors de nos belles.
Flore et Plutus mêlent élégamment
L'éclat des fleurs au feu du diamant,
Ornant tous deux, par un lent artifice,
De ses cheveux le moderne édifice.
A cet autel, paré de tant d'appas,
Quelque Nérine ayant conduit tes pas,
A ton idole adresse un tendre hommage,
Quand sa beauté sourit à son image,
Lorsqu'un miroir complaisant et flatteur
Lui réfléchit un charme adulateur :
C'est le vrai temps où l'âme des coquettes
Suce le miel du jargon des fleurettes.
D'un jeune objet conçois-tu les plaisirs
De t'enflammer, d'exciter tes desirs,
D'être adoré, de s'adorer lui-même,
Et d'embellir aux yeux de ce qu'il aime?
Nérine encor, car Nérine peut tout,
En ta faveur décidera son goût.
Livre à ses soins le billet le plus tendre :

On peut tout lire, on ne peut tout entendre.

    Pénètre encore aux toilettes du soir :

La nuit amène et l'audace et l'espoir.

Du négligé la piquante parure

Ne laissera qu'un voile à la nature :

Le soin de l'art est d'en affecter moins.

Tu peux tout voir, sans jaloux, sans témoins.

Un feint désordre, un hasard, fait paroître

Un bras tout nud, un sein qui voudroit l'être ;

C'est un genou balancé mollement ;

C'est la langueur d'un tendre mouvement,

Et ce coup d'œil d'une amante échauffée,

Si loin encor des pavots de Morphée.

Ton heure sonne : attaque en leur séjour

Ces deux captifs que te livre l'amour ;

Surprends, désarme une pudeur rebelle :

Qui risque tout obtient tout d'une belle ;

Elle s'épuise en combats superflus,

Et le combat n'est qu'un plaisir de plus.

    Modère ailleurs cette ardeur pétulante :

Telle autre exige une attaque plus lente.

Du romanesque entêté follement,

Le cœur en fait son premier aliment.

Un jeune objet, le plus vif, le plus tendre,

Compte toujours brûler et se défendre,

Céder à l'ame et résister aux sens :
Feins d'adopter ses projets innocents ;
Pur Céladon, adore sa chimère ;
Traite d'horreur une chaîne vulgaire,
D'ignobles feux, de terrestres plaisirs ;
Laisse agir seul l'aiguillon des desirs :
Par eux bientôt sa flamme démontrée
Te répondra des sens de ton Astrée.
Le vrai triomphe, et telle, en déclamant
Contre l'amour, tombe aux bras de l'amant.

    Mais tout à coup quelle foule attentive
Prête à mes chants une oreille captive ?
Que de beautés, disciples de l'Amour,
Ont émaillé les gazons d'alentour !
Pour leur dicter des leçons immortelles,
L'Amour m'élève un trône au milieu d'elles.
Dieux ! sans brûler peut-on voir tant d'appas ?
Mais qui te voit, Daphné, ne les craint pas.

    Vous qui sortez de l'âge le plus tendre,
Beautés sans art, gardez-vous bien d'en prendre :
Tout plaît en vous sans art et sans apprêt ;
Un défaut même est souvent un attrait.
Sur la beauté vous l'emportez encore,
Divines sœurs, ô Graces que j'adore !
La beauté frappe, et vous attendrissez ;

On l'aime un jour, jamais vous ne lassez.
    Lorsque Cœlus, père de Cythérée,
La vit sortir de sa conque azurée,
A la beauté tout le ciel applaudit ;
Pluton parut, Jupiter descendit ;
Téthys, Nérée, et le peuple de l'onde,
Tout reconnut la maîtresse du monde.
Sur le rivage accourus pour la voir,
Les dieux des bois célébroient son pouvoir,
Et des ruisseaux les tendres souveraines
Mêloient leurs voix aux concerts des Sirènes.
A tant d'appas un seul manquoit encor :
Du haut des cieux Mercure prit l'essor,
Fendit les airs, et guida sur ses traces
Trois déités qu'on appela les Graces.
Elles tenoient la ceinture en leurs mains,
Ce don des dieux, ce charme des humains.
Vénus s'arma du sceau de sa puissance ;
Vénus sourit, et l'Amour prit naissance.
Un feu soudain embrasa l'univers,
Le Styx, l'Olympe, et la terre, et les mers :
Téthys brûla pour l'Océan avide,
Triton suivit l'ardente Néréide,
Et Palémon, s'abymant sous les eaux,
Pressa Doris sur un lit de roseaux ;

Junon, donnant l'exemple à ses déesses,
Tint Jupiter pâmé dans ses caresses ;
Diane même, au fond de ses forêts,
Dut à l'Amour certains plaisirs secrets.
Le dieu du fleuve au lit de sa Naïade,
Faune, Égipan, et Satyre, et Dryade,
Tout éprouvant le charme de ce jour,
Par l'amour même on célébra l'Amour.
　　Tel fut l'attrait des Graces immortelles.
Tout s'embellit, tout s'enflamme par elles.
L'une, éclatante et noble sans fierté,
A du maintien la douce majesté ;
L'autre, sensible, ingénue et touchante,
De la pudeur est la grace piquante ;
Leur jeune sœur préside à la gaieté,
Avec les jeux folâtre en liberté,
D'un pied léger danse avec la jeunesse ;
Son enjouement prépare à la tendresse,
Bannit la crainte, inspire le desir,
Et peint les traits des couleurs du plaisir.
Né pour les ris, l'Amour enfant préfère
La jeune sœur, sa compagne ordinaire ;
L'Amour enfant connoît aussi les pleurs :
Quel charme il prête à de tendres douleurs !
　　Par un perfide Ariane abusée

Armoit les dieux contre l'ingrat Thésée,
Et, l'œil mourant, le sein baigné de pleurs,
Sur un rocher leur contoit ses douleurs.
Un dieu paroît : les ris et la jeunesse
Font retentir mille chants d'allégresse ;
Et les Amours, se jouant sur son char,
En font jaillir des ruisseaux de nectar.
Du dieu du thyrse elle arrête la course.
Il voit ses pleurs : il en tarit la source,
Plaint et console une amante aux abois,
Et dans ses bras la venge mille fois.
Ainsi Bacchus, l'ennemi des alarmes,
Le dieu des ris, est vainqueur par des larmes.

Trop tôt peut-être écoutant un vainqueur,
La sœur de Phèdre abandonna son cœur.
Voilez un temps le secret de vos ames :
L'impatience attisera nos flammes.
Que les refus, plus piquants que les dons,
Rendent plus chers les tendres abandons ;
Cédez toujours, mais jamais sans défense ;
En vous hâtant, faites qu'on vous devance ;
Retenez bien sur-tout cet heureux mot,
Ce doux NENNI qui plaît tant à Marot.

O vous, en qui moins de beauté, plus d'âge,
Ont de mon art exigé plus d'usage,

Parez l'autel où doit fumer l'encens !
Touchez le cœur, mais attachez les sens ;
Dérobez-nous sous des ombres discrètes
L'intérieur des premières toilettes !
Des soins prudents et des besoins secrets
L'œil du matin verra tous les apprêts.
Que la parure, habile enchanteresse,
Sous ce qui plaît dérobe ce qui blesse.
Qu'un sein trop humble, à sa place arrêté,
Offre un Amour de son frère écarté.
L'art des atours compose en apparence
Un port brillant dans sa juste élégance :
Il donne, il cache, il place l'embonpoint,
En modelant les formes qu'on n'a point.
Voyez l'iris qui colore un nuage :
Usez ainsi, mais tempérez l'usage
D'un incarnat à Cythère apprêté,
Ame du teint, pastel de la beauté.
Dans une glace, école du sourire,
De vos attraits établissez l'empire,
Et, de l'art seul tenant ce qu'il leur faut,
Faites rougir la nature en défaut.
Lorsqu'on a fait la conquête d'une ame,
L'art plus savant est de nourrir sa flamme.
Je sais qu'Amour, en ses jeux inconstants,

Est, pour s'enfuir, ailé comme le Temps;
Même à jouir s'use la jouissance.
De deux amants l'un plus tôt en balance
Perd l'équilibre, et, lassé d'être heureux,
Pour trop brûler, n'a bientôt plus de feux.
Suivez de l'œil ces jeunes hirondelles
Qui fendent l'air en se touchant des ailes :
Des deux oiseaux partis du même essor,
L'un est tombé, quand l'autre vole encor.

Éveille-toi, daigne encor me connoître,
Peuple amoureux : peux-tu cesser de l'être?
Le péril suit un amant jusqu'au port;
S'il s'y repose, il sommeille, et s'endort.
Pour l'exciter, cherchons-lui des obstacles :
Par eux l'Amour opère ses miracles.
Heureux qui craint les chaînes d'un époux,
Les yeux d'un père, et les pas d'un jaloux !
L'amant glacé, qui jouit sans contrainte,
Voit sans plaisir ce qu'il obtient sans crainte;
Et le stylet, l'escalade et la nuit,
Prêtent un charme aux beautés que l'on suit.
L'Envie, Argus, et Junon irritée,
Rendent plus belle Io persécutée.

Le tête-à-tête, au début si charmant,
Passe à la fin du délire au tourment.

On s'est tout dit, et l'amante s'accuse
Près de l'amant bégayant une excuse.
D'un peu d'absence inquiétez l'Amour,
Et vendez-lui le plaisir du retour.
Craignez des nuits la longueur redoutable :
Il n'est qu'un temps pour la trouver aimable.
Quand du plaisir le trait est émoussé,
Plus d'un athlète, avant l'aube glacé,
Attend le jour, se morfond et se gêne :
Il faut un dieu pour une nuit d'Alcmène.

   Par un utile et dangereux secours,
La jalousie aide encore aux amours.
Mais n'aimons pas comme on dit qu'on déteste ;
Fuyez ce monstre à qui tout est funeste,
Qui, n'écoutant qu'un soupçon orageux,
Se plaint des ris, s'effarouche des jeux.
Le nom d'amour est du fiel en sa bouche ;
Sa main flétrit les roses qu'elle touche ;
Tout l'empoisonne ; et, malgré sa noirceur,
Du tendre Amour elle se dit la sœur.
Ah ! connoissez une autre jalousie :
D'amour, d'espoir et de crainte saisie,
Les yeux en pleurs et les cheveux épars,
Levant au ciel le feu de ses regards,
Sans invoquer Médée et sa magie,

Sa douce voix soupire une élégie ;
Le prompt oubli succède à son erreur ;
Tendre à l'excès, elle aime avec fureur,
Soupçonne, éclate, accuse, mais pardonne,
Et rend heureux Pâris aux pieds d'Œnone.
Telle n'est point la tempête des airs,
Lorsque Junon, parcourant l'univers,
Met tout en feu pour un époux volage ;
Mais telle Iris, plus calme en son nuage,
En soupirant verse encore des pleurs,
Revoit son astre, et reprend ses couleurs.
    Souvent l'humeur d'une maîtresse altière
Fait d'un reproche une rupture entière.
Je n'ose aussi prescrire à deux amants
L'art dangereux des raccommodements.
Pour ranimer un feu que le temps glace,
Paroissez craindre un coup qui vous menace.
Le sentiment, foible, éteint à moitié,
Renaît bien vite aux pleurs de la pitié.
Je le redis enfin : que le mystère
Soit à l'Amour un rempart salutaire.
Ce dieu sera vainqueur de tout effort
S'il s'y retranche, et vaincu s'il en sort.
Qu'à pas comptés la sûreté vous guide :
Au bout du monde est le palais d'Armide ;

Et, quand l'Amour vole au sein de Psyché,
C'est un désert où l'Amour est caché.

    Tel est, Daphné, l'encens que je t'adresse ;
Je dis mon culte, et voile ma déesse.
Sous un nom feint le tien est adoré,
Et de nos feux l'asile est ignoré.
Pour y tracer la volupté suprême,
Je te peindrai, toi, la volupté même.
Accourez tous, amants faits pour m'ouïr :
J'ouvre les cieux, et j'enseigne à jouir.

CHANT TROISIÈME

ÉNUS! ô toi, déesse d'Épicure,
Ame de tout, qui remplis la nature !
Qui, mariant tant d'atomes divers,
D'un nœud durable enchaînes l'univers ;
C'est toi qui vis dans tout ce qui respire,
Mais c'est dans l'homme où siége ton empire.
Tu descendis au terrestre séjour
Pour l'animer du sympathique amour.
Il est des sens émanés de ta flamme,
Trésors de l'homme, organes de son ame,
De sa jeunesse aimables enchanteurs,
Et de l'amour rapides inventeurs.
Ces rois de l'homme ont un roi qui les guide,
Et sur eux tous c'est l'instinct qui préside.

6

Sœur de l'instinct, la curiosité
Devant ses pas fit briller sa clarté,
Leva son voile entr'ouvert à mesure,
Guida ses pas tournés vers la nature,
Et, par degrés ménageant ses desirs,
Pour tous les sens trouva tous les plaisirs.
Pour ces plaisirs, qu'on blâme et qu'on adore,
L'antique erreur a condamné Pandore,
Lorsqu'apportant le bonheur en son sein,
Des passions elle enfanta l'essaim.
L'homme, avant elle, et sans ame et sans force,
D'aucun penchant ne connoissoit l'amorce ;
Séché d'ennuis, de langueur consumé,
Obscur, rampant, vivoit inanimé,
Réduit, sans voir, sans jouir, sans connoître,
Au froid plaisir de végéter et d'être.
Par ses trésors, que le ciel dispensa,
L'homme eut une ame, il sentit, et pensa.
Mais c'est l'amour, source heureuse et féconde,
Qui de ces dons fut le plus cher au monde.
S'il eut alors des succès éclatants,
Si l'art d'aimer fut le même en tout temps,
L'art de jouir augmenta d'âge en âge.
Le goût, les mœurs, la culture, l'usage,
A ses plaisirs prêtèrent mille attraits :

A Suze, à Rome, on sentit ses progrès.
Quel fut l'amour de Tarquin, de Clélie,
Près d'une nuit d'Octave et de Julie!

    Toujours utile aux plaisirs amoureux,
Le luxe a fait le siècle des heureux.
La terre entière, aujourd'hui sa patrie,
A mis son sceptre aux mains de l'industrie.
Dieu des talents, du travail et des arts,
Tout vit par lui, tout brille à ses regards.
Mille vaisseaux élancés des deux mondes
Sont ses autels qui flottent sur les ondes,
Pour apporter, plus prompt que les desirs,
D'un pôle à l'autre, un tribut aux plaisirs.
Il est le dieu des fêtes d'Idalie :
Avec l'Amour ce dieu charmant s'allie,
Dore ses traits, prépare son encens;
Dans une fête il réveille les sens;
Sur des coussins il endort la mollesse;
Son opulence invite à la tendresse;
Ses dons vainqueurs soumettent la fierté,
Et sa richesse embellit la beauté.

    Sans lui pourtant, riche assez de lui-même,
L'amant heureux jouit de ce qu'il aime;
Et j'établis dans nos tendres desirs
Le sentiment, base de tous plaisirs.

La volupté, profonde, inaltérable,
Dans l'ame seule a sa source durable.
L'ame, écartant le terrestre bandeau,
De Prométhée allume le flambeau,
Nous ouvre enfin cette route embrasée
Par où l'Amour mène à son Élysée.
    Connoissez donc ses élans, ses transports.
Le dieu des sens peut triompher alors,
S'unir à l'ame, y verser son délire,
Et rendre au cœur le charme qu'il en tire.
Mais redoutez, possesseur trop heureux,
L'excès fatal du tribut amoureux.
Qu'un salamandre, en ses premiers vertiges,
Tombe énervé pour conter ses prodiges :
Un sage athlète, au combat plus certain,
Retrouve au soir ses combats du matin.
Silène a bu ; mais la soif qui lui reste
Surnage encor sur sa coupe céleste.
Aimons ainsi ; l'amour doit avec soin
Laisser grossir le torrent du besoin.
Que le vainqueur dans les courses d'Élide
Arrive au but du pas le plus rapide ;
Qu'un amant soit, pour remporter le prix,
Lent à la course aux tournois de Cypris ;
Dans mes amours c'est vous que je préfère,

Jeux suspendus, plaisirs que je diffère :
Durant un siècle, aux portes du desir,
Éternisons la chaîne du plaisir.

Qu'un calme utile au délire succède,
Que la folie occupe l'intermède :
Mille baisers, donnés, pris et rendus,
Cent petits noms sans ordre confondus,
Serments, soupirs, jusqu'au silence même,
Tout est divin aux bras de ce qu'on aime.
Rappelez-vous, par des récits charmants,
De vos amours l'attente et les tourments,
Les premiers jeux d'une pudeur timide,
Et cette nuit où l'on fut un Alcide :
Un mot, un geste, un caprice, un desir,
Change soudain l'attaque du plaisir.
On veut, on tente une approche nouvelle :
Tel Phidias ajustoit son modèle.

L'amant heureux qui veut l'être long-temps
Fuit du soleil les rayons éclatants :
Dans un jour doux, ni trop vif, ni trop sombre,
La nudité veut pour gage un peu d'ombre.
L'âge et Lucine altèrent mille attraits ;
La beauté même a toujours ses secrets.
Du dieu du jour Vénus fut adorée,
Mais tant d'éclat effraya Cythérée,

Et la déesse, évitant ses regards,
Pour se cacher prit les tentes de Mars.
Couple amoureux, par cette loi prudente,
Le péril cesse et le plaisir augmente;
Redoutez donc le coup d'œil hasardeux
D'un examen fatal à tous les deux. ·

Ma voix dictoit ces maximes connues,
Quand tout-à-coup, fendant le sein des nues,
L'Amour lui-même a suspendu mes sons.
« Cesse, a-t-il dit, de trop vagues leçons,
A mes plaisirs prête un autre langage;
Fuis le précepte, enseigne par image :
Monte, et suis-moi. » Son char étincelant
M'a fait voler par un sentier brûlant;
J'ai vu Paphos, Amathonte et Cythère;
Je l'ai suivi dans l'île du mystère.
« Viens, m'a-t-il dit, entends ici ma voix;
Écoute, écris, et peins ce que tu vois. »

Eh! de quels traits, Amour, puis-je décrire
La volupté, reine de cet empire!
Je vis son temple, où brilloient tous les arts.
Le frontispice, éclatant aux regards,
Fait voir ces mots gravés pour tous les âges :
JOUIR EST TOUT : LES HEUREUX SONT LES SAGES.
Là, présidant aux plaisirs amoureux,

Déesse heureuse, elle y rend tout heureux.
Elle jouit, s'endort ou se réveille,
Aux sons flatteurs qui charment son oreille.
De son pouvoir le trône solennel
Est une alcôve ; un lit est son autel.
Près d'elle assis, dans son apothéose,
Est le bonheur, le front paré de rose.
L'espoir brillant de faveurs entouré,
La pâmoison l'œil au ciel égaré,
La jeune audace, et la langueur mourante,
Des doux baisers la foule renaissante,
Le rapt vainqueur, l'attentat libertin,
Le dieu charmant des songes du matin :
Voilà sa cour. La jeune souveraine,
D'un holocauste à toute heure certaine,
Voit jour et nuit, sur des cœurs palpitants,
Sacrifier des prêtres de vingt ans ;
Et tour-à-tour, dans ces jeux qu'elle anime,
Elle sourit au cri d'une victime.
    Plus incertain du choix des voluptés,
Je parcourus ces jardins enchantés.
Dans le séjour d'une éternelle aurore,
Les soins de l'art, les prodiges de Flore,
Ont surpassé les chefs-d'œuvres unis
D'Alcinoüs, Lucullus, Adonis.

Du sein riant qu'étale la nature
Naît le parfum, l'émail et la verdure ;
Des bois profonds, des portiques ouverts,
Les chants d'amour de mille oiseaux divers,
L'onde et ses jeux, la fraîcheur et l'ombrage,
De la mollesse offrent par-tout l'image,
Et font sentir aux sujets de l'Amour
L'esprit de feu qui règne en ce séjour.
Là, figurés par des marbres fidèles,
Les dieux amants sont offerts pour modèles :
Sous mille aspects leurs groupes amoureux
De la déesse expriment tous les jeux.
C'étoit Léda sous un cygne étendue,
Neptune au sein d'Amymone éperdue,
Vénus aux bras d'Adonis enchanté.
Là tout objet, vu pour être imité,
Fait une loi. Sous cent formes lui-même
Jupiter dit comme il faut que l'on aime.
Suivons des dieux dont l'empire est si doux ;
Adorons-les, ces dieux faits comme nous.
    D'autres objets qui peuplent ces ombrages
Sont de l'amour les mobiles images.
Sur des gazons couronnés de berceaux,
Au fond des bois, dans les prés, dans les eaux,
Par mille jeux, mille études charmantes,

Cupidon même enseigne mille amantes,
Se reproduit sous les formes qu'il prend,
Toujours le même, et toujours différent.
Loin de ses sœurs, une Grace timide
Suit dans les bois un Faune qui la guide ;
Tendre et farouche, elle veut et défend,
Contient le Faune à demi triomphant,
Fuit, et l'appelle, et pardonne, et s'offense,
Pour mieux jouir suspend la jouissance ;
Prépare, amène, augmente ses desirs
Par des baisers, précurseurs des plaisirs ;
Ne rougit plus de parler et d'entendre,
S'émeut, arrive au transport le plus tendre ;
C'est Aglaé qui commande à son tour,
Et qui provoque et l'amant et l'amour ;
Reçoit, rend tout, et, mourant de tendresse,
N'accuse plus qu'un retard qui la blesse.
    Près d'un autel, sous des pampres divins,
Dansoient au loin Ménades et Sylvains.
Aux yeux de tous une folle bacchante
Paroît en l'air aux bras d'un corybante,
S'agite au bruit du sistre qu'elle entend,
Et veut l'excès du plaisir d'un instant.
Sa voix l'anime, et sa main chancelante
Presse un raisin sur sa bouche brûlante.

7

La double ivresse opère tour-à-tour ;
Bacchus reçoit les victimes d'amour ;
Et la Thyade, en sa fougue nouvelle,
Chante Évohé, danse, boit, et chancelle,
Peint son ivresse aux pas qu'elle décrit,
Et tombe aux pieds de Silène qui rit.
    De cette orgie, où régnoit le délire,
Aux bains d'Amour un autre objet m'attire :
L'amant qui touche à ces magiques eaux
Reçoit une ame et des sens tout nouveaux.
Dans un bassin creusé par la nature,
Sur un fond pur dort une onde aussi pure ;
C'est là qu'Olympe a suivi son amant.
A peine Iphis y descend un moment,
Qu'en lui s'allume une flamme nouvelle.
Olympe est nue, Iphis est nu comme elle ;
Elle en rougit, et, fuyant de ses bras,
Cherche dans l'onde un voile à ses appas.
Il suit, l'atteint, et cette onde écumante
Reçoit Iphis aux bras de son amante.
Tous deux unis, sur le sable étendus,
Le flot pressé ne les sépare plus ;
Sous les efforts de l'amant qui surnage,
L'eau qui s'agite inonde son rivage,
Et, loin de nuire à leurs sens allumés,

Produit les feux dont ils sont consumés.
Telle n'est point, avec sa cour austère,
Diane au bain tristement solitaire ;
Mais telle on vit la source de ces eaux
Où Salmacis brûloit dans ses roseaux,
Lorsqu'en ses bras la jeune enchanteresse
D'Hermaphrodite excita la tendresse ;
Lorsque, tous deux enivrés, éperdus,
L'amour unit leurs sexes confondus.

    Mais quelle fête au temple me rappelle ?
Quel chant de joie y cause un nouveau zèle ?
Tout s'y prépare au sacrifice heureux
De deux amants liés des premiers nœuds.
L'Amour amène aux pieds de l'immortelle
Zélide, Agis, colombes dignes d'elle,
Tous deux sans art, brillants de ces attraits
Où la jeunesse imprima tous ses traits.
Tous deux comblés des dons du premier âge,
Ils s'adoroient ; mais, foible en son hommage,
L'amour captif attendoit son essor ;
Ils s'adoroient, mais s'ignoroient encor.
Ils s'épuisoient en stériles caresses,
Se prodiguoient d'inutiles tendresses.
Troublés, confus, leurs sens embarrassés,
En leur parlant ne parloient point assez.

La double ivresse opère tour-à-tour ;
Bacchus reçoit les victimes d'amour ;
Et la Thyade, en sa fougue nouvelle,
Chante Évohé, danse, boit, et chancelle,
Peint son ivresse aux pas qu'elle décrit,
Et tombe aux pieds de Silène qui rit.
   De cette orgie, où régnoit le délire,
Aux bains d'Amour un autre objet m'attire :
L'amant qui touche à ces magiques eaux
Reçoit une ame et des sens tout nouveaux.
Dans un bassin creusé par la nature,
Sur un fond pur dort une onde aussi pure ;
C'est là qu'Olympe a suivi son amant.
A peine Iphis y descend un moment,
Qu'en lui s'allume une flamme nouvelle.
Olympe est nue, Iphis est nu comme elle ;
Elle en rougit, et, fuyant de ses bras,
Cherche dans l'onde un voile à ses appas.
Il suit, l'atteint, et cette onde écumante
Reçoit Iphis aux bras de son amante.
Tous deux unis, sur le sable étendus,
Le flot pressé ne les sépare plus ;
Sous les efforts de l'amant qui surnage,
L'eau qui s'agite inonde son rivage,
Et, loin de nuire à leurs sens allumés,

Produit les feux dont ils sont consumés.
Telle n'est point, avec sa cour austère,
Diane au bain tristement solitaire ;
Mais telle on vit la source de ces eaux
Où Salmacis brûloit dans ses roseaux,
Lorsqu'en ses bras la jeune enchanteresse
D'Hermaphrodite excita la tendresse ;
Lorsque, tous deux enivrés, éperdus,
L'amour unit leurs sexes confondus.

  Mais quelle fête au temple me rappelle ?
Quel chant de joie y cause un nouveau zèle ?
Tout s'y prépare au sacrifice heureux
De deux amants liés des premiers nœuds.
L'Amour amène aux pieds de l'immortelle
Zélide, Agis, colombes dignes d'elle,
Tous deux sans art, brillants de ces attraits
Où la jeunesse imprima tous ses traits.
Tous deux comblés des dons du premier âge,
Ils s'adoroient ; mais, foible en son hommage,
L'amour captif attendoit son essor ;
Ils s'adoroient, mais s'ignoroient encor.
Ils s'épuisoient en stériles caresses,
Se prodiguoient d'inutiles tendresses.
Troublés, confus, leurs sens embarrassés,
En leur parlant ne parloient point assez.

« Entends nos vœux, dit-il ; vois les prémices
De deux amants qui cherchent tes délices :
Du dieu des cœurs nous connoissons la loi ;
Dignes de lui, rends-nous dignes de toi.
Pour mériter tes chaînes fortunées,
Accrois nos sens, ajoute à nos années ;
Aide à l'amour qui s'épuise en desirs :
Il donne un cœur, tu donnes les plaisirs.
—Amants, dit-elle, oui, vous m'allez connoître ;
Venez jouir et commencer à naître. »
En les liant de festons amoureux,
De sa main même elle en serre les nœuds.
On les conduit, par son ordre suprême,
Au fond du temple, au lit de l'Amour même,
Lieu de délice au vulgaire caché,
Où triompha le monstre de Psyché.
Sans la pâleur des flambeaux d'Hyménée
S'ouvrit pour eux la couche fortunée.
Là, tout-à-coup élancés, étendus,
Ils sont unis, éclipsés, confondus ;
Leur ame entière et s'égare et se noie
Dans un abyme et d'ivresse et de joie.
Pour tant d'amour, tant d'objets, tant d'appas,
Leurs sens unis ne leur suffisent pas.
Bientôt Agis en connoît mieux l'usage :

Plus irrité par l'obstacle de l'âge,
Agile et tendre, il presse, il est pressé,
Combat, assiége, embrasse, est embrassé,
Hâte ou suspend un succès trop rapide.
Il soupiroit, il nommoit sa Zélide :
Zélide enfin l'appelant à son tour,
Avec son nom part le cri de l'amour.

Dans le silence, une immobile extase
Rallume, étend, le feu qui les embrase ;
Sur son amante Agis ouvre les yeux :
Piquante image ! aspect délicieux !
Comme l'oiseau dont le vol se déploie,
Qui tout-à-coup plane en l'air sur sa proie,
Agis ainsi, de retour au combat,
Reprend son vol, fond, s'élève, ou s'abat :
A sa défaite elle-même conspire,
En se pâmant Zélide encor soupire,
Agis se meurt ; et l'Amour étonné,
Deux fois vainqueur, l'a deux fois couronné.
Ivre d'amour, de langueur abattue,
Elle suspend un plaisir qui la tue,
Et dans les bras d'Agis et du sommeil
Tombe, et s'endort dans l'espoir du réveil.

Plus vigilant, plus heureux que Céphale,
Agis s'éveille, et l'aube matinale

Offre à ses yeux, par de nouveaux appas,
Des voluptés qu'il ne connoissoit pas.
Zélide alors sans crainte, sans alarmes,
Aux yeux d'Agis prodiguoit tous ses charmes.
L'amour, un songe, et leurs douces chaleurs,
Couvroient son teint des plus vives couleurs.
C'est l'abandon, la langueur, la mollesse,
Et ce désordre où le plaisir nous laisse.
D'un de ses bras son front s'est couronné ;
Sur son amant l'autre est abandonné ;
De ses cheveux les boucles étalées
Sont dans les fleurs éparses et mêlées ;
Son sein respire, et, par son mouvement,
Près de son cœur appelle son amant.
Par-tout Agis voit, contemple, dévore
Ce qu'il a vu, ce qu'il veut voir encore.
Sa main avide, au gré de tous ses vœux,
Détache un voile, enlève ses cheveux,
Presse et parcourt le corail et l'albâtre :
Sur chaque objet un coup d'œil idolâtre
Y précipite un baiser qui le suit.
Tel un ruisseau qui serpente et qui fuit,
Se repliant sur sa route fleurie,
Baigne l'émail de toute la prairie ;
Tel est Agis. En vainqueur satisfait,

Il s'applaudit des ravages qu'il fait,
Et reconnoît sur des traces charmantes
De ses baisers les empreintes brûlantes.

    « Tu dors Zélide, et je jouis sans toi !
Vois mon bonheur, regarde, écoute-moi !
J'ai cent plaisirs, tu n'as qu'un vain mensonge,
Et je te vois, quand tu ne vois qu'un songe ! »
Il soupira : Zélide l'entendit,
Ouvrit les yeux, soupira, s'étendit,
Leva sa main : hélas ! sa main timide
N'osoit tomber ; Agis en fut le guide...
A cette approche, un feu qui les brûla
De veine en veine aussitôt circula.
Zélide, Agis, sur leurs bouches de flamme
Réunissoient les moitiés de leur ame ;
Et si leur bouche est oisive un moment,
Organe utile à leur emportement,
Elle confond ces paroles de joie
Qu'à son amant une amante renvoie,
Ces noms, ces cris, ces soupirs agaçants,
Aiguillons sûrs des plaisirs renaissants.

    Où suis-je, Amour, et quel feu me dévore ?
Quels traits, dis-moi, peux-tu lancer encore ?
De tes fureurs cesse de m'agiter ;
Pour trop sentir, je ne puis plus chanter.

Ici, Daphné, couronne ton ouvrage ;
De nos plaisirs vois si j'ai peint l'image.
Pour toi l'Amour dictant ce que j'écris
T'en fis l'objet, et le juge, et le prix.
Ouvre les yeux, son flambeau va te luire ;
Vois, connois tout : le charme est de s'instruire.
Suis pas à pas ton instinct curieux ;
C'est un bonheur inconnu même aux Dieux :
Ils savent tout. Adore ton partage ;
Sors doucement du berceau de ton âge.
J'aime une fleur lente à s'épanouir :
C'est par degrés qu'il faut plaire et jouir.

     Hélas ! mon ame, à l'amour tout entière,
Trop diligente, épuisa la matière ;
Je dévoilai les secrets de Cypris :
Amour, pourquoi m'en avoir tant appris?
Ou que ne puis-je, ô maître que j'adore !
Oublier tout, pour m'en instruire encore !

FIN.

VARIANTES

DE *L'ART D'AIMER*

CHANT PREMIER
(P. 19, vers 12-15)

Voilà le mien. Heureux cent fois le cœur
Qui tient du ciel cet ascendant vainqueur !
Quand ce rayon, cette vive étincelle,
Perce au travers du sein qui le recèle,
Voici les lois qu'un amant peut ouïr.

CHANT SECOND
(P. 27, vers 1-4)

Que sans emblème un maître plus profond
Montre au beau sexe à démêler à fond
La laideur mâle et la beauté débile :
Ma plume est chaste, et le sexe est habile.

(P. 34, vers 9-24)

Le rameau d'or est enfin découvert.
Ainsi le feu qui de cendre est couvert,

Impatient sous le poids qui l'opprime,
Cherche au–dehors un souffle qui l'anime.
Tel fut l'attrait des Graces immortelles.
Vous que j'enseigne, enchantez-nous par elles ;
Associez à leur accord charmant
Les jeux badins, le folâtre enjouement,
Le rire aimable, ami de la jeunesse :
Né de la joie, il la produit sans cesse,
Flatte l'espoir, inspire le desir,
Et peint les traits des couleurs du plaisir.
Plus enchanteur, plus éloquent, plus tendre,
Un doux sourire en fera plus entendre.
D'un autre charme on connoît tout le prix ;
Il est des pleurs plus touchants que les ris.

FIN DES VARIANTES.

Imprimé par D. JOUAUST

POUR LA COLLECTION

DES PETITS CHEFS-D'ŒUVRE

MAI 1874

' LES

PETITS CHEFS-D'ŒUVRE

Nous donnons sous ce titre les petites œuvres des grands écrivains, ainsi que les petits chefs-d'œuvre d'auteurs dont souvent un seul ouvrage a fait la réputation.

Quoique cette collection ne doive comprendre que des ouvrages connus, néanmoins le luxe avec lequel elle est imprimée la destine encore à un public d'élite; aussi le tirage en est-il fait à petit nombre. Il est tiré en outre 50 exemplaires de choix, dont 25 sur papier de Chine et 25 sur papier Whatman.

La collection des *Petits Chefs-d'œuvre*, étant absolument identique à celle du *Cabinet du Bibliophile* pour le format et pour les conditions typographiques, peut figurer à côté d'elle dans les bibliothèques. Seulement, le tirage étant fait à plus grand nombre, le prix des volumes est moins élevé.

EN VENTE

Juin 1874

www.ingramcontent.com/pod-product-compliance
Lightning Source LLC
Chambersburg PA
CBHW060439260626
47161CB00005B/1999